Wilhelm Hertz

Heinrich von Schwaben

Wilhelm Hertz

Heinrich von Schwaben

ISBN/EAN: 9783743420670

Hergestellt in Europa, USA, Kanada, Australien, Japan

Cover: Foto ©Andreas Hilbeck / pixelio.de

Manufactured and distributed by brebook publishing software (www.brebook.com)

Wilhelm Hertz

Heinrich von Schwaben

Heinrich von Schwaben.

Eine deutsche Kaisersage

von

Wilhelm Hertz.

Leipzig & Stuttgart.
Verlag von A. Kröner.
1867.

Druck von Gebrüder Mäntler in Stuttgart.

Frau Irene Koppel

in freundschaftlicher Verehrung

zugeeignet.

O Schwabenland, wie liegst du weit!
Wie zieht in dieser Sommerzeit
Ein schwelgend Heimweh meinen Sinn
Nach deinen lieben Bergen hin!
Im Nachglanz von entschwundnem Glück
Lockst du den flüchtgen Sohn zurück.
Schön, wie mein junges Aug dich sah,
Liegst du vor meiner Seele da.
Der Schwarzwald ragt in blaue Luft
Mit Quellensturz und Tannenduft.
In seinen Schatten mögen nun
Die wandernden Gedanken ruhn.
Wald meiner Lust, ich bin bei dir,
Dein ew'ges Grün rauscht über mir,

Und meinem Herzen flüsterst du
Ein halbvergessnes Märchen zu,
Daß ich ein Lied vergangner Tage
Als Gruß von dir den Freunden sage.

Des Saliers Konrad starke Hand
Schuf streng Gericht im deutschen Land:
Der Zwietracht sollt ein Ende werden,
Und Friede sollte sein auf Erden.
Drum that er in des Reiches Rund
Dem Volk mit Brief und Siegel kund:
Wer Fehde führt, sei's Herr, sei's Knecht,
Der sei gebannt aus Ehr und Recht,
Und friedelos sei er gestellt
Auf die vier Straßen dieser Welt;
Verflucht, geächtet sei sein Haupt,
Sein Leben jedem Feind erlaubt,
Und seine Kinder sollen Waisen,
Sein Weib soll fortan Wittwe heißen;

Wird er bewältigt und gefangen,
Soll er am dürren Baume hangen;
Den Leib, den mögen Wind und Raben
Und Gott die arme Seele haben.

Der hohe Richter fuhr durchs Reich,
Manch Frevlerantlitz wurde bleich.
Da folgte bald von Ort zu Ort
Die strenge That dem strengen Wort;
Denn wer dem Wort sich nicht ergeben,
Dem ging es hart an Leib und Leben.

Es saß zu Kalw im dunkeln Tann
Graf Luitpold, ein gewaltger Mann;
Sein Haupt war greis, doch stark sein Leib,
Und jung und blühend war sein Weib.
Sie wirkte stetig, sanft und mild,
Des ewgen Friedens lieblich Bild;
Er aber haßte jeden Tag,

An dem sein Kampfroß müßig lag,
Und schweifte stets zu neuem Strauß
Vom finstern Wald ins Land hinaus.
Da traf ihn Bann und Reichesacht,
Der Kaiser kam mit Heeresmacht,
Er brach die Burg und schlug die Mannen
Und trieb ihn friedelos von dannen.

Die Gattin unterm Schildesrand
Entkam der Graf aus Mord und Brand;
Ihr Leib war schwer von holdem Segen.
Sie flohn auf unbetretnen Wegen
Thalabwärts über Schlucht und Halde
Und bargen sich im tiefen Walde.
Die Herrin sprach kein klagend Wort
Tiefathmend schritt sie mühsam fort;
Bald aber brachen ihr die Glieder
Und schmerzlich seufzend sank sie nieder.
Da trug der Held die zarte Frau

Nach einem nahen Felsenbau,
Den Heiden einst in grauer Zeit
Verschollnem Götterdienst geweiht.
Dort legt er sie auf Laub und Moos,
Ihr fiebernd Haupt in seinen Schooß.
Kein Windhauch stört des Waldes Ruh,
Ihr fielen bald die Augen zu.
Der Graf in sorgenvollem Sinn
Saß schlaflos bei der Schläferin.

Doch als der Tag zu glühn begann,
Ging er nach Beeren in den Tann,
Um mit des Waldes Gaben
Die matte Frau zu laben.
Sie aber nahm nicht Speis noch Trank,
Sie lag zum Tode schwach und krank, —
Und nach des heißen Tags Vergehn,
Da ward ihr Leib in jähen Wehn

Vom herbsten Mutterschmerz durchschnitten,
Den je ein sterblich Weib gelitten.

Herr Luitpold sah im Wald sich stumm
Mit wilden Blicken rathlos um:
„Und sei's mein letzter Tag auf Erden,
Dem armen Weib muß Hilfe werden."
Dann nahm der Held im Harme
Die Frau in seine Arme
Und stieg mit ihr im Mondenstrahl
Vom öden Berg zurück ins Thal.
Wohl scholl's wie Hufschlag fern herbei,
Wie Hörnerstoß und Jägerschrei;
Wohl sah er oft im Thal ein Blitzen
Wie Schwerter und wie Lanzenspitzen, —
Doch wär's der Gang aufs Hochgericht,
Den alten Recken kümmert's nicht.

Bei Hirschau vor dem Klosterwald
Steht eine Mühle grau und alt;

Dort pochte der vervehmte Mann
Verhüllten Hauptes heimlich an.
Bald kam aus Fenster Lampenschein,
Der alte Müller ließ ihn ein
Und führt ihn aufwärts ins Gemach;
Auch seine Wirthin wurde wach,
Ein freundlich Weib mit Silberhaaren,
In Frauenpflege wohlerfahren.
Die brachte schnell an sichrer Stätte
Die qualverstörte Frau zu Bette,
Berieth und weihte sie sofort
Mit manchem zauberkräftgen Wort,
Nahm Band und Linnen aus dem Schrein
Und sprach ihr Trost und Hoffnung ein.

Indessen saß beim Räderbraus
Der Graf im Schatten vor dem Haus
Und spähte mit bewehrter Hand
Durchs mondbeglänzte Wiesenland.

Nicht lange saß er auf der Wacht,
Da hört er plötzlich durch die Nacht
Jenseits des Flusses Männer rufen
Und flinken Schlag von Rosses Hufen:
Dort kam in seiner Jäger Mitten
Der Kaiser selbst vorbeigeritten.
Ein Mann in wallendem Talar
Ritt ihm am nächsten in der Schaar,
Sein Arzt, mit dem er jeden Tag
Tiefsinnig ernster Rede pflag, —
Chrysostomos, der goldne Mund,
Dem aller Dinge Weisheit kund;
Vom Siechthum und der Kräuter Kraft
Da hatt er volle Wissenschaft;
Er kannte Wind und Vogelflug,
Der Erze und der Quellen Zug;
Er konnt im Aug der Menschen Wesen,
Ihr Schicksal in den Sternen lesen.
D'rum ritt er im Geleite

Dem Kaiser stets zur Seite;
Der lauscht auch heut dem weisen Mann,
Doch plötzlich hielt er winkend an:
„Horcht," sprach er, „horcht! Klingt nicht wie Mord
Der Klagruf aus der Mühle dort? —"
Chrysostomos blieb lauschend stehn:
„Dort liegt ein Weib in Kindeswehn. —"
Und weiter ging der Rosse Lauf,
Der Meister sah zum Himmel auf.
„Herr Kaiser," raunt er, „welch Gesicht!
Im Aether flammt's wie Kronenlicht.
Ist meine Kunst nicht ganz verloren,
Hier wird ein seltnes Kind geboren:
Dieß Kind wird Eure Tochter frein,
Dieß Kind wird nach Euch Kaiser sein,
Und an Gewalt im Erdenreich
Wird ihm kein zweiter Kaiser gleich. —"
Doch Konrad rief mit finstern Braun:

„Dich läßt ein Dämon Wunder schaun." —
„Nein", sprach der Meister, „theurer Held,
Der Trug ist nur von dieser Welt;
Doch wahrhaft und unwandelbar
Bleibt der Gestirne reine Schaar,
Und nichts Unheiliges auf Erden
Kann ihren lichten Gang gefährden." —
„Traun," sprach der Kaiser, „siehst du recht?
Erwirbt mein Kind ein niedrer Knecht?"
„Mein Aug ist hell, und sichern Blicks
Schau ich die Bahnen des Geschicks.
Nie habt Ihr Wahn von mir vernommen;
Wie ich gesagt, so wird es kommen!" —

Der Kaiser hörte auf zu fragen;
Er ritt, den Mantel umgeschlagen,
Das Haupt gesenkt in düstrem Sinn
Allein am Waldessaum dahin
Und sprach ergrimmt in sich hinein:

„Soll ich der Narr der Sterne sein?
Soll ich mit klarem Aug erblinden,
Mir selbst die freien Hände binden,
Und mich der eignen Kraft begeben,
Um wie ein Schatten hinzuleben?
Mich dünkt, ich werde mich erfrechen,
Das Netz der Sterne zu durchbrechen.
Und kann ich ihnen selbst nicht nahn, —
Das Diesseits ist mir unterthan:
So lang ich König bin auf Erden,
Soll ihre Macht zu Schanden werden!"

Dann rief er einen treuen Mann
Mit kurzem Wort zu sich heran:
„Dort in der Mühle ward heut Nacht
Ein feindlich Kind zur Welt gebracht.
Davon sei dir dieß Eine kund:
Ich haß es aus der Seele Grund
Und will nicht, daß es mir zum Groll

Das Licht des Tages schauen soll.
Drum kehre du sofort von hier,
Vertraute Männer nimm mit dir,
Und trag den Knaben aus dem Haus
Mit eigner Hand zum Wald hinaus,
Dort aber, — dieß ist mein Gebot, —
Dort gib ihm einen raschen Tod,
Und komme nicht vor mich zu stehn
Als mit dem Wort: Es ist geschehn!" —

Der Mann mit dienstgewohnter Seele
Gehorchte schweigend dem Befehle.
Er wählte schnell sich die Genossen
Bewehrt mit Schwertern und Geschossen
Und kam auf schattendunklem Pfad
Der Mühle leisen Tritts genaht.

Schon schlich er sich ans offne Thor, —
Doch ein Gewaltger saß davor
Vom Haupt zur Sohle wohlbewehrt,

Auf seinen Knien ein blankes Schwert.
Der Jäger sah ihn an und stand
Den Speerschaft wiegend in der Hand
Und rief: „Wer sitzt dort auf dem Stein?
Weicht von dem Thor und laßt uns ein!" —
Der Held sprang auf und blickte wild,
Vom Boden zückt er seinen Schild:
„Zur lichten Hölle mögt ihr fahren!
Dieß Thor will ich vor euch bewahren." —
Da stürzt auf ihn der Speere Kraft,
Am Schilde dröhnt ihm Schaft auf Schaft.
Er steht, ein Fels in Ungewittern,
Umsprüht von Funken und von Splittern.
Dann aber kam's zum Schwerterstreit,
Und wie sie oft zur Winterszeit
Den Bären in der Waldschlucht Enge
Mit Schlägen trieben ins Gedränge,
So liefen nun den einen Mann
Die Jäger mordbegierig an.

Er aber stand und wankte nicht,
Und fielen auch die Schwerter dicht
Mit Rasseln auf sein Kettenhemd, —
Er stand, den Schild vorangestemmt,
Und schwang so grimmen Gegenschlag,
Daß Feind um Feind am Boden lag.
Ihn schirmen die geflochtnen Ringe,
Doch ihnen schmettert seine Klinge
Die unbehelmten Scheitel ein.
Bald steht ihr Führer noch allein
Und zückt behend den mächtgen Schlägen
Sein kurzes Jägerschwert entgegen.
Doch krachend bricht's ihm in der Hand,
Und nimmer länger hält er Stand.

Der Held verfolgt ihn durchs Gefild,
Doch hindert ihn sein hoher Schild:
Noch stecken schwer in dessen Spangen
Die Speere, die er aufgefangen;

Schon fühlt der Graf, wie ihn die Spitzen
Am Arme tief und blutig ritzen,
Und in des Zornes Ueberwallen
Läßt er den Schild zu Boden fallen.
Indessen rafft im flüchtgen Lauf
Der Jäger einen Wurfspeer auf,
Und unversehns zurückgewandt
Zielt er mit kunstgeübter Hand.
Dem Herrn gebrach des Schildes Wehr,
Und tief ins Herz fuhr ihm der Speer.
Er stand und faßte nach dem Schaft
Und in der Schmerzen wilder Kraft
Riß er ihn mit verbißnem Munde
Mit beiden Händen aus der Wunde.
Dann kam's wie Wehmuth über ihn,
Er strebt zurück mit schwanken Knien;
Die Hände hält er suchend vor,
Schon steht er an der Mühle Thor —
Doch Nacht umnebelt seinen Sinn,

Und auf die Schwelle stürzt er hin.
Was er gewollt, was er besessen,
Sinkt ihm in ewiges Vergessen.

Der Jäger beugt sich auf ihn nieder
Bestaunend die gewaltgen Glieder.
Er schaut im Mondenlichte klar
Sein stolz Gesicht, sein graues Haar,
Die strenge Hoheit seiner Brauen —
Da faßt ihn ehrfurchtsvolles Grauen:
„Weh," spricht er, „welch ein edler Held
Ward hier durch meinen Wurf gefällt!" —
Doch dacht er an des Kaisers Wort,
Und über den Gefallnen fort
Schritt er in's Haus, wie ihm befohlen,
Das todgeweihte Kind zu holen.
Still war's, es rührte sich kein Schall
Als seiner Tritte Widerhall.
Die alten Leute waren schon

Bei Anbeginn des Kampfs entflohn
Und hatten sich voll Angst und Sorgen
In einer fernen Kluft verborgen.

Der Jäger ging dem Lichte nach,
Das hell aus einer Kammer brach.
Er trat hinein, — doch festgebannt
Verweilt er an der Schwelle Rand.
Ein Bette stand darinnen,
Und in zerwühlten Linnen
Lag still ein blüthenweißer Leib,
In frühem Tod ein junges Weib.
Noch war die Qual durchkämpfter Stunden
Aus ihrem Antlitz nicht geschwunden,
Doch um ihr Auge sanft geschlossen
Lag's wie ein Lächeln ausgegossen,
Zur Kunde, daß ihr Geist im Frieden
Und schmerzversöhnt dahingeschieden,
Und in den Armen weich und lind

Hielt sie ein neugeboren Kind,
Das sog in erster Lebenslust
Halbschlummernd an der todten Brust.

Der Mann trat scheu dem Bette nah:
„Wie eine Heilge liegt sie da!" —
So sprach er, und sein Blick ward mild
Vor diesem traurig holden Bild.
Sein Herz begann zu schwanken
In streitenden Gedanken:
Ihm ist das Amt geworden,
Dieß zarte Kind zu morden,
Für dessen kaum erblühtes Leben
Die schöne Frau sich hingegeben.
Den Kaiser plagt ein finstrer Wahn;
Was hat ihm dieses Kind gethan,
Das unbewußt um Lieb und Hassen
Verwaist hier liegt und ganz verlassen!

In Wehmuth sprach er tiefbewegt:
„Warum ist m i r dieß auferlegt?
Dem Kaiser schuld ich Hab und Blut,
Zum Henker doch bin ich zu gut.
Mein Herz und Arm sind kampfesmatt,
Ich bin des Mordens treulich satt.
Weh ob dem Herrn, den ich erschlug!
Mich dünkt, der Todten sind genug.
Mein Leib steht in des Kaisers Pflicht, —
Doch meine Seele schützt er nicht.
Nie hab ich ihm gelogen,
Doch heut wird er betrogen!"

So war's beschlossen, er umwand
Das Kind mit Linnen, die er fand,
Und schritt vom todtenstillen Haus
Aufathmend in die Nacht hinaus.
Da scholl ein milder Glockenklang
Vom Klosterthurm das Thal entlang;

In Chor und Gang und Zelle
Ward manches Fenster helle:
Dort wallte schweigend Paar um Paar
Zum Mettensang der Mönche Schaar.

Des Mannes Herz erfreute
Das tröstliche Geläute,
Das in sein Ohr verheißungsvoll
Wie eine Gottesstimme scholl.
Bald pocht er an des Klosters Thor,
Der alte Pförtner trat hervor.
„Nehmt, frommer Bruder," sprach der Mann,
„Um Christi Huld dieß Knäblein an!
Es ist von adlichem Geschlecht,
Doch ärmer als der ärmste Knecht.
Zum Waisen ward's geboren,
Die Eltern sind verloren,
Und seiner Unschuld selber droht

Von mächtger Hand ein sichrer Tod.
Drum nehmet Ihr's in treue Hut,
Verbergt das arme, junge Blut,
Und lasset, was Ihr jetzt vernommen,
Niemals in Menschenohren kommen!
Das kleinste Wort wird sein Verderben,
Und ohne Rettung muß es sterben" —
Er schob, bevor sein Wort zu Ende,
Dem Mönch das Knäblein in die Hände,
Und eh der Alte sich besann,
Enteilt er schon zum finstern Tann.

Der Pförtner stand und starrte bald
Aufs Knäblein, bald hinauf zum Wald.
Wie lang er trug des Amtes Last,
Noch niemals kam ihm solch ein Gast.
Drum schlich er hin auf raschen Sohlen,
Des Herrn Befehle einzuholen.

Der Abt saß in der Bücherei,
Da kam der Mönch erregt herbei;
Er trug mit unberathnem Sinn
Das Knäblein sorgsam vor sich hin
Und brachte dem Gebieter Kunde
Vom Abenteuer dieser Stunde.
Da nahm das Kind der hohe Greis
Und küßt es auf die Stirne leis:
„Des Himmels Friede schirme dich
Vor Mördermacht und Mörderschlich!
Wie arg die Welt es mit dir meint,
Vor Gottes Auge steht dein Feind,
Und wär er Fürst ob allen Landen
Sein böser Wille wird zu Schanden!" —
Drauf hieß der Abt zwei Brüder nah'n
Und sandte nach dem Kapellan.
Die kamen auf des Herren Wort,
Geleiteten das Kind sofort
Zum Weihbrunn in des Münsters Mitte

Und tauften es nach Christensitte.
Es hob's der Abt mit eigner Hand,
Und Heinrich ward's nach ihm genannt.

Als er zurück kam in die Zelle,
Da stand der Müller auf der Schwelle
Und hob mit Zittern an und Zagen
Von dieser Schreckensnacht zu sagen:
„Voll Todter liegt mein schmales Feld,
Darunter ein gewaltger Held.
Er kam verhüllt, ich kannt ihn nicht,
Doch sah ich jetzt sein Angesicht.
Mein Dach muß ewgen Mordfluch tragen,
Mein Herr und Fürst liegt dort erschlagen!
Die Frau ist todt, das Kind geraubt." —
Da wiegt der Abt das graue Haupt:
„Wie kommt's, daß Salomo der Weise
Sich müht nach des Herodes Preise?
Ihn sättigt nicht des Einen Sterben,

Sein ganzes Haus soll mit verderben;
Solch gräuliche Gerechtigkeit
Ist wahrlich Gott und Menschen leid."

Die Todten hieß der Abt auf Schragen
Von Mönchen in den Kreuzgang tragen,
Daß ihnen in geweihter Erde
Ihr Recht und ihre Stätte werde.
Dann faßt er sanft des Müllers Hand
Und spricht zu ihm abseit gewandt:
„Das Knäblein ist gerettet,
In Gottes Schutz gebettet.
Dem Herrn sei Dank für seine Wahl,
Daß er den Schützling mir befahl!
Nun rüstet Euch zur Reise
Und fahrt, wie ich Euch weise!
Fern von des Mordes blutgen Spuren
Führt es in unentweihte Fluren.

„Wo in der Sonne mildem Gold
Der Neckar helle Wogen rollt
Durch Rebenland und Garten
Um Kannstadt's graue Warten,
Dort liegt, entfernt der Menschen Qual,
Bergeinwärts ein verborgnes Thal.
Kein Laut erregt den stillen Tag
Als Grillensang und Amselschlag.
Grünschattig schwillt die Halde,
Und Wiesen blühn im Walde,
Dort grasen friedlich, bunt geschaart
Viel Roß' und Fohlen edler Art;
Und wo zum Teich sich staut der Bach,
Ragt einsam ein bethürmtes Dach;
Drin haust ein sturmergrauter Held,
Zum Vogt des Weidegrunds bestellt;
Der hegt im Hof und hegt im Tann
Des Schwabenherzogs Recht und Bann.
Er ist der Wirthe bester,

Sein Weib ist meine Schwester,
Der stets nur süße Güte
Im freudgen Herzen blühte,
Ihr bringt mit meinem Segen
Das Kind, sie wird es pflegen."

Der treue Rath ward treu erfüllt:
Das Knäblein dicht im Korb verhüllt
Trug dienstbereit der alte Mann
Auf grünen Steigen durch den Tann.
Er fand die lichte Waldesau,
Er gab das Kind der milden Frau,
Die nahm es voll Erbarmen
Und trug's auf Mutterarmen.

Geräuschlos glitt der Strom der Zeit
Durch dieses Thales Einsamkeit;
Die Wipfel sproßten still im Tann, —
Und herrlich wuchs das Kind heran.

Es wuchs zur Augenwonne
Im Liebesblick der Sonne,
Wie seine Mutter schön und weich
Und wie sein Vater heldengleich.
Mit seines Pflegers Söhnen vier
Durchtummelt er das Waldrevier,
Daß er mit Muth die Seele,
Mit Kraft die Glieder stähle.
Auf wilden Rossen ward er groß,
Er lernte Wurf und Lanzenstoß;
Ihn freut es, wenn der Schild erklang
Und Feuer von den Schwertern sprang.
Er schoß den Aar aus blauer Luft,
Er fing den Wolf in finstrer Schluft
Und schwang vom grünen Weiher
Den Falken nach dem Reiher.

Daneben ward von Frauenmund
Ihm manche kluge Rede kund.

Sie lehrt ihn Zucht und Furcht des Herrn,
Doch andre Weisheit blieb ihm fern:
In Künsten der Scholaren,
Da blieb er unerfahren.
Nie saß er an ein Buch gebannt,
Solch kostbar Gut war nicht zur Hand.
Den Waffen war ergeben
Sein ritterliches Leben.

So in der Jahre stillem Segen
Wuchs er der süßen Zeit entgegen,
Da Herz und Aug erglühte
In junger Mannesblüthe.
Wie ward ihm da mit einem Mal
So eng, so arm sein liebes Thal!
Wie späht er da so gerne
Vom Berg im blaue Ferne!
Sein Sehnen flog im Frühlingsbraus
Mit Adlern in die Welt hinaus,

Als sollt er dort in goldnen Tagen
Ein unbekanntes Glück erjagen.

Indeß er saß und Wunder sann,
Kam durch den Forst ein Klostermann.
Der kündet, daß in Gottes Frieden
Der edle Abt dahingeschieden:
„Jedoch vor seinem selgen End
Befahl er mir dieß Pergament,
Daß auf dem schnellsten Wege
Ich's Euch zu Handen lege.
Er schrieb darauf in letzter Stunde
Für Euch geheime wichtge Kunde;
Die, wollt Ihr anders glücklich fahren,
Sollt Ihr behüten und bewahren.
Nun, sprach er, ist mein Haus bestellt,
Und segnend schied er aus der Welt." —

Wie scheuchte da des Boten Wort
Vom Waldhaus Scherz und Lachen fort!

Einzog in seinen Mauern
Stillweinend sanftes Trauern.
Doch wo jung Heinrich ging und stand,
Das Blatt kam nicht aus seiner Hand:
Der großen Zeichen ernste Menge
In langen Zeilen schwarz und enge,
Sie blickten ihn mit mächtgem Bann
Verheißungsvoll verschwiegen an,
Als ob in diesem Briefe
Ein Zauberleben schliefe.

Da ging er mit entschloßnem Sinn
Zu seinem greisen Pfleger hin
Und sprach: „Ob diesem Pergamen
Muß ich in Noth und Sorgen stehn.
In seinen Zeichen liegt verwahrt
Manch Wissen wundersamer Art;
Doch keiner von den Leuten
Kann mir die Zeichen deuten.

Drum gib ein Roß mir, edler Held!
Mich lüstet's in die weite Welt;
Dort find ich wohl den weisen Mann,
Der mir den Brief enträthseln kann."

Wohl suchten da die Alten
Den lieben Sohn zu halten;
Doch wollt an ihm kein Rath gedeihn;
Er sah so kühn und freudig drein, —
Sie mußten's ihm gewähren
Mit Seufzern und mit Zähren.

Es war ein lichter Sommertag,
Von Perlen blitzte Halm und Hag,
Da ritt beim ersten Lerchensang
Jung Heinrich schon das Thal entlang.
Maisonnenschein, Wildrosenduft,
Die freie, blaue Himmelsluft,
Dazu das leichte Lebensblut,

Der süße klare Jugendmuth, —
Die gaben in die Weite
Dem Knaben das Geleite.

Er ritt in heitrem Schweigen
Auf grünen Waldessteigen,
Bis er am Fuß bebautes Land
Und einen breiten Heerweg fand.
Hin ging's mit schlaffen Zügeln
An weichen Rebenhügeln,
Wo manch ein Kirchlein fern und nah
Aus dichten Blüthenbäumen sah,
Und bald vor seinem Weg empor
Stieg Eßlingens gethürmtes Thor.

Gar festlich braust es drinnen
Auf Gassen und auf Zinnen.
Vom Dom scholl feierlich Geläut,
Die Brücke war mit Grün bestreut,

Die Fenster all im Prangen
Mit Kranz und Tuch behangen,
Und auf den Giebeln groß und klein
Manch Banner flog im Morgenschein.
Zuhöchst im Golde sah man wallen
Den schwarzen Aar mit rothen Krallen,
Des Reiches heilges Zeichen,
Auf Erden sonder Gleichen;
Das that in Hoheit offenbar,
Daß hier der Herr zu Gaste war.

Der Kaiser war mit Schaaren
Zum Hoftag hergefahren;
Auch seine Treuen allzumal,
Die liebsten Räthe seiner Wahl,
Die waren vor des Thrones Stufen
In ernster Sache hergerufen;
Denn unversehns aus weiter Fern
Zwölf Voten standen vor dem Herrn

In morgenländisch prächtgem Glanz,
Gesandt vom Herrscher zu Byzanz,
Für ihres Wunderreiches Erben
Um Deutschlands Kaiserkind zu werben.

Am Rathhaus bei der Brunnen Rauschen
Drängt sich das Volk in stummem Lauschen.
Dort saß seit frühem Morgen schon
Der Herr auf luftigem Balkon,
Um ihn der weisen Männer viel:
Da flog manch flinker Federkiel,
Und vor ihm lag auf Sammt und Gold
Manch köstlich Pergament entrollt.

Bedächtge Reden flossen, —
Der Ehbund ward beschlossen.
Da plötzlich wogt es im Gedränge,
Mit Flüstern theilte sich die Menge,

Und heiter kam mit holden Sitten
Der fremde Jungherr angeritten.

Wie sonnig fiel sein Goldgelock
Auf seinen grünen Jägerrock!
Wie war sein Aug so rein und licht,
Wie zauberschön sein Angesicht!
In Wonnen staunten Jung und Alt
Auf seine herrliche Gestalt;
Manch Mägdlein hob sich auf den Zehn,
Dem Fremdling heimlich nachzuspähn,
Und alle riefen sonder Hehl:
Dieß Menschenkind ist ohne Fehl!

Er aber dachte: „Welch Gesumm!
Wie treibt dieß Volk sich müßig um!
Das ist ein unnütz Gaffen!
Ich seh hier manchen Laffen,

Doch Weise, welche Schriften lieben,
Die, dünkt mich, sind zu Haus geblieben." —

So ritt er durch der Städter Hauf;
Am Rathhaus schweift sein Blick hinauf.
„Hei," sprach der unerfahrne Mund,
„Da komm ich just zu rechter Stund!
Die Herren dort im Ringe
Die pflegen ernste Dinge.
Wie schaut der Greis bedachtsam drein!
Das muß ein großer Schreiber sein." —
Er spornt sein Roß zum Söller vor
Und hält sein Pergament empor:
„He, weiser Meister, seid mir hold!
Empfangt Ihr gerne guten Sold,
Ei, so verdeutscht mir dieses Blatt,
Das mir mein Ohm geschrieben hat!" —

Der Kaiser hob die dichten Braun
Und wandte sich hinabzuschau'n.

Lang blickt er den verwegnen Mann
Mit scharfen Augen schweigend an;
Dann sprach er mild und lächelnd fast:
„Das ist ein wundersamer Gast!
Nie hab ich solchen Gruß vernommen.
Ihr Kämmrer, laßt den Knaben kommen!"
Jung Heinrich sprang zur Erd und band
Sein Rößlein an der Treppe Rand.
Dann ging er wo der Kaiser saß;
Der nahm den Brief und las — und las.

Wie oft die mittagstille Fluth
In regungsloser Bläue ruht;
Schlaff hängt das Segel, und im Boot
Entschlummert sorglos der Pilot: —
Da durch die Schwüle schwarz und schwer
Zieht qualmendes Gewölk daher;
Ein Wind kommt, der die Fläche fegt,
Daß mürrisch sich das Wasser regt,

Bis endlich sich mit Schäumen
Die grauen Wogen bäumen, —
So durch des Kaisers festen Sinn
Fuhr erst ein Schreck erschütternd hin;
Dann jagten wild und wilder
Gedanken sich und Bilder,
Bis ihm von tödtlich finstrem Groll
Die ungestüme Seele schwoll.
Denn hier im Briefe schlecht und recht
Stand Heinrichs Herkunft und Geschlecht:
Wie er vom Todesnetz umstellt
Als Waise kam zur argen Welt;
Was ihm der Kaiser Leid ersonnen,
Und wie er seinem Haß entronnen. —
Stumm hielt der Fürst das Pergament,
Noch einmal las er's bis zum End,
Gebeugt das mächtige Genick,
Mit krauser Stirn und düst'rem Blick.

Wie sprach bereinst zu nächtger Stund
Chrysostomos, der goldne Mund?
Dieß Kind wird eure Tochter frein,
Dieß Kind wird nach euch Kaiser sein. —
Im Wind verwehte, was er sprach,
Und Grabesstille ward's darnach;
Manch Jahr verging indessen,
Das Wort blieb halb vergessen.
Doch heute, da aus fernen Landen
Die Werber vor dem Kaiser standen,
Und er mit Fleiß erwog, zu mehren
Des Reiches Heil, der Tochter Ehren, —
Da plötzlich traf in ihren Reihn
Der ungeladne Freier ein! —
„Was kommt er jetzt? Was will er hier?
Unheimlich steht er neben mir
Im Bund mit dunkeln Mächten,
Gesandt mit mir zu rechten.
Hab ich darum so manche Nacht

Im Zwiste mit mir selbst durchwacht?
Trof darum ungesühntes Blut
Auf meine Brust wie Feuersgluth,
Und rang mein Geist sich mühsam frei,
Daß Alles nun vergeblich sei?
Ich hab's in langen Stunden
Bezwungen und verwunden.
Traun, blieb mir auch der Friede fern,
Als Sieger wußt ich mich und Herrn, —
Und bin doch schmählich jetzt geschlagen
Und hab zum Spott die Schuld getragen.
Noch aber kann ich's wenden,
So soll der Streit nicht enden!
War's erst ein Schatten nur und Wahn,
Beim Tod, so sei es jetzt gethan!"

Doch plötzlich hielt er inne:
„Wo bleiben meine Sinne?

Da sitz ich mit bereiftem Bart
Und wüthe recht nach Knabenart,
Daß Unbedacht und Reue
Sich schmachvoll mir erneue.
Was sinn ich gleich auf Mord und Tod,
Als schüfe mir der Junge Noth?
Fürcht ich ein Wort, verwehten Hauch?
Sich selbst vertraun ist Heldenbrauch.
Solch blindes, taubes Glauben
Ziemt Blinden nur und Tauben.
Nein, mir zum Scherze soll er leben:
Wer zwingt mich, ihm mein Kind zu geben?
Noch bin ich Herr doch meiner That,
Und Schicksalsspruch und Sternenrath
Verkehr ich zum Gelächter
Für kommende Geschlechter.
Schon lärmt der Troß vor meinen Thüren,
Die Kaiserbraut hinwegzuführen;
Drum dünkt mich, solch ein schmucker Knecht

Kommt mir zur Hochzeit eben recht;
Noch heut lad ich die Gäste ein, —
Er selber soll der Bote sein!

Der Kaiser sprach's und sah empor,
Sein Blick war ruhig wie zuvor.
Er winkt den Knaben zu sich her:
„Es ist ein seltsam Ungefähr,
Daß dieser Brief vor Allen
In meine Hand gefallen.
Traun keinem andern Wesen
Geziemt es ihn zu lesen.
Denn eine Kunde schließt er ein
Für mich — den Kaiser — ganz allein;
Mit ernster Mahnung alter Schuld
Befiehlt er dich in meine Huld;
Drum soll dir's, hoff ich, wohlergehn,
Willst du in meinen Diensten stehn." —

Jung Heinrich lüpft erschrocken
Das Hütlein von den Locken:
„Ich seh wohl einem Thoren gleich, —
Hie sitzt das heilge römsche Reich!
Doch will sie Keiner nennen,
Wer soll die Herren kennen?
Von Pergamenten welche Pracht!
Ich hab mein Tage nie gedacht,
Daß zu des Reiches Nutz und Ehren
So viele Schreiber nöthig wären.
Mein Herr und Kaiser zürnt mir nicht!
Nehmt ganz mich in Vasallenpflicht!
Doch taug ich nichts am Hofe
Bei Schranz und Narr und Zofe.
Gebt mir ein Amt im Windesbraus,
Schickt mich auf Fahrt und Streit hinaus!
Viel Reiten und viel Jagen,
Das soll mir wohlbehagen." —

Der Kaiser sprach: „Das fügt sich gut!
Steht in die Ferne dir der Muth,
So will ich dir ein Amt ersinnen,
Das führt dich heute noch von hinnen.
Denn eine Botschaft muß ins Land
Hinaus nach Nürnberg auf den Sand,
Zu meinem Vogt, dem ich zumal
Mein Kind und meine Stadt befahl.
Du reite hin und, wer's auch sei,
Trab an den Fragern stumm vorbei,
Und leg den Brief, den ich entsende,
Nur in des Grafen eigne Hände!" —

Des Amtes war der Knabe froh;
Ein Rathsherr lehrt ihn wie und wo,
Und als vom Kanzler schön und klar
Des Kaisers Brief geschrieben war,
Da sprengte Heinz mit lustgem Sinn
Durch die bekränzten Gassen hin.

Es hing bei Dolch und Kürbisflasche
Am Gürtel seine Botentasche:
So ritt er freudig wie ein Held
Durchs dunkle Thor ins lichte Feld.
Hinflog er weite Strecken
Durch Städte, Flur und Flecken
Und sah nach dreien Tagen
Die Thürme Nürnbergs ragen.

Es war zu heißer Mittagszeit,
Im Blau kein Wölkchen weit und breit,
Die Felder öd und menschenleer,
Kein Wandrer kam des Wegs daher,
Nicht Vogel sang, noch Grille,
Die Stadt lag schlummerstille.
Der Knabe sprach: "Wo halt ich Rast?
Jetzt bin ich kein willkommner Gast:
Das brütet all in schwülem Traum;
Dornröschens Schloß ist öder kaum.

Der Thürmer auf der Wache,
Die Tauben auf dem Dache,
Die Bürger sammt dem Grafen,
Sie liegen all und schlafen.
Mich selbst beschwert die Sonnengluth,
Ich habe lange nicht geruht." —
Er lenkt abseits des Rosses Gang
Und ritt am Wall der Stadt entlang.
An Zinnen, Thurm und Scharten,
Da lag ein schöner Garten;
Er sah durchs angelehnte Thor
Manch zierlich Beet in buntem Flor,
Viel rankendes Gehege
Und grüne Schattenwege.
Er ritt hinein, welch süßer Duft!
Wie fächelt labend hier die Luft!
Da springt er ab, entschirrt sein Roß
Und legt sich, wo ein Bächlein floß.
Gar lieblich war die Stätte,

So weich sein moosig Bette.
Welch heimlich Wellenrauschen!
Er schlummert ein im Lauschen.

Es war zur selben Stunde,
So sagt die alte Kunde,
Da ward im engen Burggemach
Ein ungeduldig Köpfchen wach,
Ein keckes Fräulein klug und klein,
Agnes des Kaisers Töchterlein.
Sie sprang vom heißen Pfühle,
Wie war die Kammer schwüle!
Welch Schweigen rings in Hof und Gang!
Dem Kinde ward die Weile lang.
Sie ließ die Spindel liegen
Und schlich sich an die Stiegen,
Wo der Gespielen holde Schaar
Beim Rocken sanft entschlummert war.
Die mußten all erwachen;

Dann unter Scherz und Lachen
Lief Hand in Hand der muntre Chor
Hinab zum Garten vor dem Thor,
Und flink zerstreuten sie sich dort
Den Bienen gleich am lustgen Ort,
Um sich in Busch und Hecken
Zu haschen und zu necken.

Klein Agnes schlüpft im Laub geschwind
Unhörbar wie ein Elbenkind
Und kam zum Quell, wo fest und tief
Der wandermüde Knabe schlief.
Mit dämmerweichem Rosenlicht
Umfloß der Schlaf sein Angesicht;
Frisch lacht sein Mund; nie kam vom Weib
Solch heitres Haupt, solch schöner Leib. —
Sie stand erschreckt im Wiesenklee,
Gleichwie am Waldsaum stockt ein Reh;
Dann schlich neugierig sie heran

Und hielt entzückt den Athem an.
Die Kniee bebten ihr, sie saß
In seinem Rücken leis ins Gras
Und bog sich vor in süßem Graun
Und ward nicht satt ihn anzuschaun.
Er schien so froh, er schien so gut;
Da ward erweicht ihr herber Muth;
Sie zog nach seinen Wangen
Ein zärtliches Verlangen.
Es rührt ihr Herz ein sehnend Leid
Mit Ahnung höchster Seligkeit. —
So zwang die allgewaltge Minne
Des Mägdleins unerfahrne Sinne.

Indessen suchten durch die Flur
Die Jungfraun ihrer Herrin Spur;
Schon huschten nah und näher
Die unwillkommnen Späher.
Da sprang ins Freie sie hinaus

Und trieb den Schwarm zurück ins Haus.
Nur einer rief sie, daß sie blieb;
Die war ihr vor den andern lieb.
Den Finger hielt sie vor den Mund
Und wies erröthend ihren Fund.
Betrachtend stand das holde Paar,
Und Agnes nickte: „Sag fürwahr,
Ist wohl in Himmelsauen
Ein süßer Bild zu schauen?
Wer ist der Knab? er schläft so tief.
In seinem Täschlein steckt ein Brief:
Ich hielt es nicht für Sünde,
Wüßt ich, was drinnen stünde." —

Und lautlos ward der Brief geraubt;
Sie lehnten lesend Haupt an Haupt:
„Von meinem Vater kommt dieß Blatt
An unsern Grafen in der Stadt." —
Da ward das Fräulein weiß wie Schnee:

„Weh!" sprach sie schmerzlich, „Ach und Weh!
Der Kaisersohn von Griechenland
Hat Werber nach mir ausgesandt;
Dem will man mich vermählen.
Mein Vater läßt befehlen,
Daß mich der Graf zum Hoftag führe
Im Schmuck, wie's einer Braut gebühre."
Die Freundin sprach: „Erschrickst du so?
Mich macht die Kunde herzlich froh.
Ich soll dich schaun im Perlenglanz,
Im Scharlachprunk des Morgenlands,
Gleich einer Heiligen verehrt,
Vor allen Fraun beneidenswerth." —

Des Fräuleins Wange wurde roth:
„Ich wollt, ich läge lieber todt!
Der Eine wirbt um mich im Stillen
Und frägt mich nicht um meinen Willen;
Die Andern drauf beschließen frei,

Als hätt ich selbst kein Wort dabei.
Ach meiner jungen Jahre!
Bin ich nur Magd, nur Waare?" —
„Ei," sprach die Freundin, „gib dich drein!
Wo sollt ein beſſrer Freier sein?
Er ist der mächtigste von allen,
Umdrängt von fürstlichen Vasallen.
Aus hohem Sinne liebt er dich:
Der edle Prinz ist sicherlich
Ein Mann von feinen Gaben,
Wie wir nicht einen haben." —
Da zürnt des Fräuleins Angesicht:
„Schweig mir vom Mann, ich will ihn nicht.
Was ist mir Prunk? Was ist mir Macht?
Hab nie an einen Mann gedacht." —
Da ward ihr Auge trüb und trüber,
Zum Schläfer flog ihr Blick hinüber;
Sie neigt ihr Lockenhaupt bei Seit
Und weint in bittrem Herzeleid.

Dann aber sprach sie eifrig: „Nein!
Der Grieche soll um Andre frein.
Folgt ich so willenlos und blind,
Hieß ich nicht Kaiser Konrads Kind.
Und muß ich wirklich mich vermählen,
Will ich mir selbst den Gatten wählen.
Du weißt noch, wie im letzten Jahr
Der Herr bei uns zu Gaste war.
Nur einen Abend blieb er hier.
Mein Kind, sprach er im Scherz zu mir,
Ich hab an dich gar nicht gedacht
Und kein Geschenk dir mitgebracht.
Doch lachend gab er mir am End
Ein leeres Blättchen Pergament,
Darauf von seiner eignen Hand
Sein Namenszug geschrieben stand.
Hier, sprach er, schreib auf dieses Blatt,
Wornach dein Herz Verlangen hat. —
Noch liegt es leer in meinem Schrank;

Doch heute kommt mir's recht zu Dank:
Es mache noch in dieser Stund
Den kaiserlichen Willen kund,
Daß mir der Graf, so lieb er lebe,
Den Jüngling hier zum Gatten gebe." —

Nicht hörte sie der Freundin Rath;
Sie lief nach ihrer Kemenat
Und kehrte bald in Angst und Glück
Mit ihrem kleinen Blatt zurück.
Noch lag Jung Heinrich still und schlief;
Ins Täschlein steckte sie den Brief
Und zog dann athmend, ohne Wort
Die sorgenvolle Freundin fort.

So war in leisen Stunden
Der Mittag hingeschwunden.
Nun hauchten Lüfte frisch und mild,
Die Schatten wuchsen ins Gefild,

Und rege wurden Stadt und Aun;
Lustwandeln gingen Herrn und Fraun;
Es summt und sang in Laub und Korn;
Der Thürmer stieß mit Macht ins Horn;
Die Wagen rasselten durchs Thor, —
Und Heinrich sprang vom Schlaf empor.
Zu seinen Häupten stand sein Roß;
„Hei," rief er, „dünkt's dich auch, Genoß,
Daß wir zu lange ruhten?
Nun gilt's, daß wir uns sputen." —

Er sprengte fort im Abendschein
Und ritt zum hohen Thor hinein.
Gedenk des kaiserlichen Winks
Sah er nicht rechts und sah nicht links,
Bis er, das Brieflein in der Hand,
Im Saale vor dem Grafen stand.
Der rief den Burgkaplan heran;
Das war ein steinalt weiser Mann.

Er nahm und las mit Wohlbedacht
Der Minne Brieflein ernst und sacht,
Kopfnickend, schwach und heiser:

„Wir Konrad, deutscher Kaiser,
Entbieten Gruß und Wohlgefallen
Dem Grafen und den Bürgern allen
Zu Nürnberg unsrer guten Stadt —
Und thun euch kund durch dieses Blatt,
Daß ihr ohn Aufschub, unverwandt
Den Boten, den wir mit gesandt,
Den Jungherrn hold und auserwählt
Mit unsrem Töchterlein vermählt.
Gewärtig sind wir allzugleich,
Daß ihr das Volk, so Arm wie Reich
Aus Stadt und Landschaft weit und breit,
Ergötzt mit Fest und Lustbarkeit.
Deß achtet sonder Lug und List,
So lieb euch euer Leben ist!" —

Kein Ton erscholl, nicht laut, noch leis;
Denn sprachlos stand der ganze Kreis.
Jung Heinrich sah den alten Mann
Mit großem Aug verwundert an
Und rief gerührt: „Nun ist es klar,
Was in dem Brief verborgen war,
Den noch im Sterben mild und lieb
Mein Ohm, der Abt, dem Kaiser schrieb,
Daß er solch frommen Rath gegeben,
Das lohnt ihm Gott im ewgen Leben." —

Ein Page lief mit schnellen Schritten,
Das Fräulein in den Saal zu bitten.
Sie kam mit ihrer Mägde Schaar;
Der Graf reicht ihr das Brieflein dar.
Sie las und sprach mit schlauem Munde:
„Welch unerhörte fremde Kunde!
Ich bitt Euch, handelt mit Bedacht!
Habt sorgsam auf den Boten Acht!

Wer bürgt uns, daß der feine Gast
Den Brief nicht selbst zum Scherz verfaßt?" —
Jung Heinrich trat entsetzt zurück:
„Glaubt Ihr von mir solch Bubenstück?
Ich bin's wahrhaftig nicht gewesen, —
Ich kann nicht schreiben und nicht lesen." —
Das Fräulein sprach: „Zeigt dieses Blatt
Den weisen Vätern unsrer Stadt
Und laßt sie rathen frank und frei,
Was mir und Euch das Beste sei."

Die würdgen Männer kamen,
Sie sahn des Kaisers Namen,
Und mit besonnenem Verweilen
Erwogen sie die letzten Zeilen:
Deß achtet sonder Lug und List,
So lieb euch euer Leben ist! —
„Ei," sprach der Schultheiß ernst und klug,
„Dieß Schreiben dünkt uns klar genug.

Da ist kein gnädig Wort gespart
Recht in des Herrn leutseliger Art.
Verhüte Gott, daß wir im Leben
Solch weisem Rathschluß widerstreben!
Drum stimm ich unverholen:
Es sei, wie er befohlen."

Die Andern alle nickten Ja.
Jung Heinrich trat dem Fräulein nah
Und hing mit Blicken warm und licht
An ihrem zarten Angesicht:
„Weh," sprach er, „schafft der Brief Euch Leid,
So reut mich meine Lebenszeit.
Der Herr besiehlt nach Recht und Brauch;
Ich füge mich, so fügt Euch auch!
Man hat mich selbst nicht drum gefragt.
Ich will Euch trösten, wenn Ihr klagt,
Und will Euch dienen treu und hold,
Daß Ihr das Leid vergessen sollt." —

Sie reicht ihm ihre Hand zum Bund
Und küßt ihn lächelnd auf den Mund.

Durchs Dunkel schwamm der Abendstern;
Doch blieb der Schlaf den Bürgern fern.
Reg war es auf den Dächern,
In Gassen und Gemächern.
Am Marktplatz bei der Feuer Schein,
Da flocht man Kränze, Band und Main.
Sie fegten Tenne, Tisch und Teller;
Die Fässer wand man aus dem Keller;
Die Herde wurden hell entfacht;
Die Schlote qualmten in die Nacht;
Man putzte Wehr, Gewand und Roß, —
Und als der Tag sein Gold ergoß,
Da ward in freudgem Prangen
Das Hochzeitfest begangen.

Wie's da von Mund und Saiten scholl!
Der Sänger Taschen wurden voll,

Die Fahrenden von nah und weit,
Die Gaukler hatten gute Zeit.
Im Burghof sprengten zum Turnier
Die edlen Herrn in Waffenzier;
Dort saß der Frauen lichte Schaar
Mit Krönlein im gelockten Haar.
Manch Wimpel flog in blauer Luft;
Rings Laubgewind und Tannenduft;
Die Gassen vor der Sonne Brand
Mit Schattentüchern überspannt,
Darunter Tisch an Tisch gereiht,
Voll Becherschall und Lustbarkeit,
Und aus den Brunnen insgemein
Erquoll in Strömen rother Wein;
Dort machten Lain und Pfaffen
Mit Eifer sich zu schaffen.
Und Abends bei der Fidel Klang
Manch schmucker Bursch sein Mädchen schwang.
Manch' Antlitz glomm in Rosenpracht

Vom Fackelglanz der Hochzeitnacht, —
Des Festes lautes Tosen
Erstarb in leisem Kosen.

Indessen saß in Sorg und Qual
Der Kaiser fern im Neckarthal
Und sah vom hohen Giebelhaus
Ergrimmt nach seinen Gästen aus.
Doch Stunde ging um Stunde,
Und Niemand bracht ihm Kunde.
Die Tage schlichen träg und matt,
Da ward er bald der Muße satt.
Er rief nach schnellen Rossen
Und ritt mit zwölf Genossen
Gen Nürnberg über Wald und Aun,
Um selber nach der Braut zu schaun.

Ein Knappe meldete von fern
Die Ankunft des erlauchten Herrn.

Der Graf mit seinen Degen
Ritt eilig ihm entgegen,
Die Rathsherrn all im Festgewand
Mit Lilienstengeln in der Hand.
Der Kaiser blieb verwundert stehn:
„Wie freut mich, euch so wohl zu sehn!
Ihr blühet recht den Engeln gleich,
Als kämen wir ins Himmelreich." —
„Ja," rief der Schultheiß dumpf und hohl,
„Es geht uns ganz pflichtschuldigst wohl.
Der Rath und alle Bürgerschaft
Ergötzen sich aus voller Kraft.
Seit Wochen schallt kein Hammerschlag,
Wir bankettiren Nacht und Tag." —
„Traun," rief der Kaiser, „sagt mir frei,
Was soll die schnöde Völlerei?" —
„Kein schöneres Bestreben,
Als Euch nach Wunsch zu leben.
Wenn unser Herr sein Kind vermählt,

Ein Ketzer, der beim Brautgang fehlt!
Tränk Einer dort noch sauren Wein,
Das müßt ein Reichsverräther sein!
Malvasier und Tokaier
Ziemt einzig solcher Feier." —

„Nun," sprach der Kaiser, „laßt euch Zeit!
Wärt ihr doch sonst so thatbereit!
Noch ist der Ehbund nicht geschlossen." —
„Doch!" sprach der Schultheiß unverdrossen,
„Kein Wort ist unerfüllt geblieben
Von Allem, was Ihr uns geschrieben:
Längst trauten wir am Hochaltar
Nach Christenbrauch das junge Paar." —
„Wem?" — rief der Fürst, ihm bebt der Laut,
„Wem habt ihr Agnes angetraut?" —
„Wem anders, als den Ihr genannt,
Dem Jungherrn, den Ihr uns gesandt!"

Der Kaiser, wie vom Blitz getroffen,
Saß regungslos, die Lippen offen;
Ihm klang's aus blauer Ferne
Wie Siegsgesang der Sterne —
Er saß an Haupt und Arm gelähmt,
Das stolze Herz zum Tod beschämt. —
„Zeigt mir das Blatt," sprach er beklommen,
„Durch das ihr solch Gebot vernommen!" —
Der Graf entfaltet ihm den Brief;
Der Kaiser las und seufzte tief:
„Die Züge sollt ich kennen,
Ich will den Dieb nicht nennen.
Was hier der Wildling sich bescheert,
Hab ich im Voraus blind gewährt.
Ich steh gleich einem Thoren
Und hab mein Spiel verloren.
Was ich gedacht zu wenden,
Das half ich selbst vollenden.
Und wagt ich nochmals neuen Strauß,

Die Scharte wetz ich nimmer aus.
Es ist geschehn, — wer rührt daran?
Vor dieses Wortes Wunderbann
Versiegt die Kraft, verzagt der Wille,
Die Allmacht selbst, hier steht sie stille.
Und will ich nicht auf Erden
Zum Spott im Alter werden,
So muß ich's schweigend dulden;
Heut büß ich alte Schulden."

Indeß der Kaiser trauernd sann,
Zog eine goldne Schaar heran;
Es kam in Sang und Harfenlaut
Jung Heinrich mit der jungen Braut
Und sank zu seinen Füßen,
Den Vater zu begrüßen. —
Der Kaiser sah mit Staunen drein:
So fraulich ging sein Töchterlein,
Voll aufgeblüht in Frühlingspracht

Wie Rosen nach der Maiennacht.
Da rührt von diesem Jugendlicht
Ein Strahl des Greisen Angesicht;
Da dehnt sich seine Seele weit
Zurück in längst vergangne Zeit.
Und in der Tochter grüßt ihn mild
Der todten Mutter bräutlich Bild.

Er rief: „Nun ist mir offenbar,
Wer hier der rechte Freier war!
In Zweifel irrten wir und Wahn, —
Die Minne ging auf sichrer Bahn.
Steh auf, Jung Heinrich, tritt zu mir!
Nimm du mein Schwert und mein Panier!
Du sollst mit Fug, wo ich dich fand,
Mein Herzog sein im Schwabenland.
Und kommt mein Volk in Kriegsgefahr,
So führe du die Bannerschaar!
Was wir gesät in Sorg und Mühn,

Des Reiches Heil wird dir erblühn.
Denn was man Schlimmes dir erdacht,
Vor dir und deiner Sterne Macht
Muß Haß und Neid erbleichen, —
Dein Glück ist ohne Gleichen!"